Colonia de castores

Julie Murray

Abdo Kids Junior es una
subdivisión de Abdo Kids
abdobooks.com

abdobooks.com

Published by Abdo Kids, a division of ABDO, P.O. Box 398166, Minneapolis, Minnesota 55439.
Copyright © 2019 by Abdo Consulting Group, Inc. International copyrights reserved in all countries.
No part of this book may be reproduced in any form without written permission from the publisher.
Abdo Kids Junior™ is a trademark and logo of Abdo Kids.

Printed in the United States of America, North Mankato, Minnesota.

102018
012019

Spanish Translators: Maria Puchol

Photo Credits: Alamy, Glow Images, iStock, Science Source, Shutterstock

Production Contributors: Teddy Borth, Jennie Forsberg, Grace Hansen

Design Contributors: Christina Doffing, Candice Keimig, Dorothy Toth

Library of Congress Control Number: 2018953843

Publisher's Cataloging-in-Publication Data

Names: Murray, Julie, author.
Title: Colonia de castores / by Julie Murray.
Other title: Beaver colony
Description: Minneapolis, Minnesota : Abdo Kids, 2019 | Series: Grupos de
     animales | Includes online resources and index.
Identifiers: ISBN 9781532183607 (lib. bdg.) | ISBN 9781641857024 (pbk.) | ISBN 9781532184680 (ebook)
Subjects: LCSH: Beavers--Behavior--Juvenile literature. | Animal Behavior--
     Juvenile literature. | Social behavior in animals--Juvenile literature. | Animal
     species--Juvenile literature. | Spanish language materials--Juvenile literature.
Classification: DDC 599.37--dc23

Contenido

La colonia
de castores 4

La vida en
una colonia 22

Glosario 23

Índice 24

Código Abdo Kids . . . 24

La colonia de castores

Los castores viven en grupos de familias. Estos grupos se llaman colonias.

5

Las colonias tienen de 2 a 12 castores.

Se cuidan mutuamente.

Se acicalan unos a otros.

Así se mantienen limpios.

Trabajan en equipo. Talan árboles con los dientes.

Construyen **diques** para bloquear la corriente de agua.

Construyen sus **madrigueras**.

Ahí es donde vivirán.

¡Hay un oso cerca! Para defenderse dan golpes con la cola en el agua.

Esto avisa a los demás castores.

¡Nadan a un lugar seguro!

La vida en una colonia

de 2 a 12 castores

construyen un dique juntos

construyen su madriguera juntos

se acicalan

Glosario

dique
construcción que hacen los castores en corrientes de agua, con ellos crean estanques donde protegerse de los depredadores.

madriguera
construcción con forma de cono donde viven los castores; están hechas de ramas y lodo. Tienen entradas bajo el agua y en la superficie.

Índice

acicalarse 10

árboles 12

cola 18

construir 14, 16

cuidar 8

defenderse 18, 20

dique 14

madriguera 16

masticar 12

miembros 6

seguridad 20

¡Visita nuestra página **abdokids.com** y usa este código para tener acceso a juegos, manualidades, videos y mucho más!